이쁘게 보아야 이쁘다

이쁘게 보아야 이쁘다

배송제11시집

이쁘게 보아야 이쁘다
아름답게 보아야 아름답다
사랑스럽게 볼수록 사랑스럽다
그냥, 그렇게…

-이쁘게 보아야 이쁘다 전문

좋은땅

머리글

아무리 곱고 이뻐도
이쁘게 보아야 이쁘다

새끼를 살피는 어미소의
뜨거운 정이 뚝뚝 떨어지는
그윽한 눈빛이 사랑으로 그득하듯

너무나 아름다워도
아름답게 보아야 아름답다
저 양귀비나 클레오파트라도
아름답게 보아야 아름다운 것이다

무엇을 볼 때
소중하게 보아야 소중하고
사랑스럽게 볼수록 사랑스러우며
자랑스럽게 여길수록 자랑스러운 게다

이쁘고 아름답게
소중하며 사랑스럽게
자랑스러운 눈과 마음이 정말 고귀하다

2023년 제11집 발간을 맞아 배 송 제

목차

이쁘게 보아야 이쁘다

이쁘게 보아야 이쁘다
아름답게 보아야 아름답다
사랑스럽게 볼수록 사랑스럽다
그냥, 그렇게

오로지 조국을 위해 바친 고귀한 피와 땀

근면 자조 협동의 새마을 운동은
우리도 한번 잘 살아 보세 깃발 아래
전국 방방곡곡에서 거센 들불처럼 활활 타올랐다

새로이 만든
다수확 신품종 통일벼를 심어
지긋지긋하게 대대로 이어져 내려온
춘궁기의 배고픔에서 벗어난 눈물겨운 보릿고개

숱한 난관을 뚫고 헤쳐
마침내 이뤄 낸 나라의 대동맥 경부고속도로 건설

활기 넘치는 굴뚝 산업,
수출 장려에 힘입은 놀라운 경제 발전 등
불철주야 오로지 조국을 위해 바친 고귀한 피와 땀

결국 오늘날,
세계 속에 보란 듯
자랑스럽게 우뚝 솟은
살기 좋은 금수강산, 한강의 기적을 가꾸고 일구었다

아,

훗날 길이길이 새기고 기릴 민족의 위대한 지도자여
영원토록 빛날 겨레의 영웅이여

동반자

두 갈래
기찻길처럼
동반자인 사랑과 외로움

사랑과
외로움은
언제나 함께하는 반려이다

사랑하면서도 외롭다
외로워서 사랑을 주고받는다

멀지도 가깝지도 않은

어머니, 그리운 어머니

어머니께서 살아 계실 적에는
얼마나 고마운 분인지 몰랐습니다
어머니는 그냥 나의 어머니-
곁에 머무시는 가족으로만 여겼습니다

그러시다가 문득 가시었습니다
다시는 만날 수 없는 머나먼 길
훌쩍 떠나가신 그 후에라야 비로소
아, 어머니는 이런 분이구나 알았습니다

오래도록 내 곁에 계시지 않는
한 번 가시면 다시는 뵐 수도 없는
아무리 불러도 그리워도 만날 수 없는

어머니, 너무 많이 그리운 어머니
어머니의 애틋한 눈빛, 따끈한 손길
언제나 챙겨 주시던 그 사랑과 보살피심

오직 자식 잘되기만을 바라시며
눈물도 한숨도 많이 흘리고 씹으시던
너그러우신 웃음, 잊을 수 없는 어머니
아무것도 해 드릴 수 없는

이 못난 자식을 절대로 용서하지 마옵소서

마지막 순간까지 처음처럼

꿈을
이루기 위한 시작은
마지막을 향하는 길이 아니요
언제나 새 출발로 가는 도전이지요

소망을
일구는 길 또한
항상 새로워져야 하는 길
보다 나은 내일로 향하는 열망이요

한도
끝도 없이 멀고 먼
심히 험하고 거친 길을 달리기 위해

도전과
열망의 가파른 여정 위에서
숨 막히는 투쟁을 이어가는 것이거늘

언젠간
마지막이 올 그때까지,
늘 처음처럼 기운차게 달리고 달리네

새벽

아, 설레는 희망
모두의 꿈이자 기다림이여

새 아침,
여명의 빛 새로운 출발을 알리는

잠자던 맥박과
호흡이 자리에서 서둘러 일어나고
밤을 새워
기도하며 기다리던 열망들이
온 누리를 힘차게 달리기 시작하는

또다시
새로운 다짐과 각오
허리띠 신발 끈 단단히 동여매고
보란 듯 당당하고 힘차게 도전하는

어둠아 가라
뚫고 헤치리라
바람아 파도여 길을 비켜라

가는 길이

아무리 어렵고 힘들어도 나아가리라

새벽이 부른다

늦은 때란 없다

청춘에 뜻은 품었으나
세상살이 매어 헤매다가
어느샌가 예순이 지나서야
문득, 젊을 적 꿈이 꿈틀거렸다

이제라도 시인이 되리라
굴곡진 희로애락을 읊조리고
보다 밝고 소망 찬 삶을 그리며
세상의 자유와 평화를 노래하리라

시를 쓰기 시작한 지 십여 년
시집 열 권 내고 나머지 천여 편
잘했다 장하다 스스로 칭찬을 한다

바라건대, 단 한 편만이라도
어둠을 밝혀 주는 빛이 되기를
눈물, 아픔을 달래고 어루만졌으면…

요즘 나는 희망을 가꾸는 길에
늦은 때란 없음을 깊이 깨달았다
언제라도 시작할 때가 가장 빠른 때임을

사랑의 길

눈물의 길이지요
어루만지는 손길마다
피눈물을 흘려야만 하는

아픔의 길입니다
보살피는 눈빛마다
울부짖고 몸부림쳐야 하는

포용의 길이지요
그저 한없이 끝없이
너그럽게 얼싸안아야 하는

기도하는 길입니다
오로지 사랑을 위해
변함없이 축복하고 빌어 주는

새로운 도전을 위한 발돋움

오늘은
어제보다 새로워져야 하고
내일은 오늘보다 새로워져야만 하고

날마다
날마다 새롭고 새로워져서
늘 한도 끝도 없이 새로워져야만 한다

그 길이
아무리 험하고 거칠지라도
언제나 새로운 도전을 위한 발돋움
잠시도 멈추거나 지체해서는 아니 되며

너무너무
지치고 어렵고 힘들지라도
내일을 열망하는 꿈과 소망으로 향하는
찬란한 그 길을 꼭 찾고 일궈 내야만 한다

언젠가는
불끈 솟구치는 아침 해처럼
어여쁜 꽃이 피고 탐스런 열매도 맺으리라

무너져 내리는 법칙들

눈에는 눈, 이에는 이란 말도 있듯
부당한 침해에 대하여는 대항할 수 있다
주체, 내용, 형식, 절차를 위반하면 안 된다

권리의 행사와 의무의 이행은
신의에 좇아 성실히 하여야 한다
권리는 남용하지 못한다
공정과 정의, 형평을 보장하려는 장치들이다

갈등과 분열은 법칙들을 허물기 바쁘다
지저분한 증오와 비난에 들끓는 혼돈 속 세상

서로가 이해하고 포용해도 부족하건만
뜻과 힘을 한데 모아도 어렵고 버거운데
이랬다저랬다 간에 붙었다 쓸개에 붙었다
허구한 날 지지고 볶으며 쌈박질만 하고 있다

노선과 철학이 달라 이견이야 있겠지만
국민들의 안위보다는 사리사욕이 먼저이고
나라의 장래보다는 지 혼자만 잘되면 그만이다

근간이 이리저리 흔들리고 있다

늦었지만 함께 손잡고 하나가 되어야 한다
서로를 존중하고 사랑하며 지혜를 모아야만 한다
나라와 백성이 우선이다

아멘의 믿음

텅 빈 그릇과 창고들
아무리 목에 힘을 주어
제발 진실을 믿어 달라 애원을 해도
불신과 의혹의 선입견이 긍정의 싹을 잘라 버린다

성경 말씀처럼
아멘하고 선뜻 받아들여야 하는데
그릇과 창고에 담기도 전에 고개부터 젓는다
대뜸, 거짓과 위선의 탈을 쓴 가짜로 여기는 것이다

안 믿는다
믿지를 못 한다
도무지 믿기지가 않는다
온통 가짜뉴스가 범람하는 세상
입만 열면 대포알 뻥튀기처럼 날려 버리니 어찌 믿으랴

새롭게 바뀌어야 한다
불가마와 용광로에서 굽고 녹여야 한다
아멘 하는 믿음으로 바뀔 때까지
혁신과 변화의 거센 쓰나미로 천지개벽을 해야만 한다

아픔과 눈물만이 그 길을 안다

서로서로 사랑과 포용으로 어루만지는

웃음과 자유와 평화가 온 누리에 넘실거리는 세상이다

아파야 사랑이다

아픔을 견디지 못해
찢어지고 무너져 내려야 사랑이다

숯이나 도자기 구울 때
활활 타오르는 불가마에서
슬피 울부짖고 몸부림치는 것처럼

눈물과 고통을 삼키고
통곡과 함성을 토해 내며
목숨줄 끌어안고 처절하게 싸우는

아프지 않은 삶이 없듯
아프지 않은 사랑이 어디에 있으랴

아픔과 슬픔만큼씩
마음과 가슴, 영혼을
뜨겁게 달구고 불태워
결국 석류처럼 빨갛게 터지는 것이다

아파야 사랑이다

봄빛 희망

감싸
얼싸안고 어루만지듯
촉촉한 봄비, 산들산들 봄바람

살포시
쓰다듬는 따사한 햇살
아른아른 아지랑이 피어나고
녹은 얼음물 질펀히 흘러내리는

한껏
넘실거리는 싱그런 물결
부푼 기대 들썩대는 설레는 희망

앞다퉈
뛰는 맥박과 호흡이여
넘치는 기쁨이자 환호의 함성이여

터질 듯
벅차오르는 새로운 도전
꿈과 소망을 향한 힘찬 발돋움이어라

삶의 여울

엉키고 굽이치어
흐르는 거센 물살은
어찌 그리도 사납고 험상궂은지

달려야 한다는
들끓는 열정 투지는
가눌 겨를도 없이 곤두박질치고
투레질하며 몸부림치는 성난 함성

치고 박고
부둥켜안고 구르며
뒤틀린 흐름에 휩쓸리는 아수라
순간순간이 숨 막히는 투쟁인 것을

끝끝내
살아남아야만 한다는
그 눈물겨운 울부짖음 몸부림은
참고 견뎌 내야만 한다는 극한 아우성

사랑의 좌표

아,
그대,
옥수동 골목길
사랑의 좌표 아로새긴 곳이여

진실도
없는 가짜 고백을
달콤하게 속삭인 뜨거운 입술

차라리
믿어라 말을 말지
혼자 사는 총각이란 그 거짓말

품에
안긴 내가 바보였나
후회도 원망도 다 부질없는 짓

그래,
그러는 그대 영혼은 어떠신가요

혼돈 속의 아우성

단 하루도 조용할 날이 없다
언제 어디서 터질지 아무도 모른다
곳곳에 미치광이처럼 날뛰는 판국에
누가 먼저 버튼을 누를지 어찌 아는가

식은 죽 먹기보다도 더 쉽다
그냥 탕탕탕 갈기기만 하면 끝이다
까짓 이판사판 다 죽이고 같이 죽는 게다

악만 남아 있는 괴물과 악마들
저마다 우주의 황제임을 자랑하며
어둠의 유혹과 탐욕 속에 발광하고 있다
마침내 종말의 날이 다가오고 있는 것인가

브레이크가 망가진 기관차처럼
굶주림에 눈깔이 뒤집힌 맹수처럼
무시무시한 토네이도나 쓰나미처럼
이 세상을 혼돈과 파멸 속에 몰아넣고 있다

자유와 평화를 울부짖는 함성들
참담한 좌절 속에 몸부림치는 발길들
질병과 굶주림으로 죽어 가는 뭇 생명들은

희망 없는 절망 속에서 서글피 방황하고 있다

아, 이를 어찌해야 하는가

역사의 물줄기

언제나 쉼 없이
도도히 굽이치는 강물처럼

아프게
산산이 부서지고
처절히 갈기갈기 찢기는
눈물겹도록 험한 시련 속에서도

굽힐 줄
모르는 굳센 투지
오롯이 부둥켜안고 흘러내린
역사의 물줄기는 장엄하고 위대하다

마디마디 잘라 내고
토막 내어 나뒹구는 차마 모진 아픔

수많은 슬픔과 눈물
울부짖고 몸부림치며 쓸어 담아
끝끝내 지켜 낸 자랑스러운 우리 조국

아, 너무너무
아름답고 찬란한 민족의 얼과 넋이여

파도의 낭만

힘차게
살아 숨 쉬는
장엄한 맥박과 호흡을 보라

어우러져
넘실거리는 춤사위
그 얼마나 멋지고 아름다운가

우주가
들썩거리고 있다
하늘과 바다가 맞닿아 있다
어우렁더우렁 부둥켜안는 몸짓

우렁우렁
울려 퍼지는 함성
덩실덩실 노니는 멋들어진 파도

한가득
펼쳐지는 노래와 춤
흐드러지게 피어나는 낭만이어라

소망을 향한 길

아득히 멀고도 험한
지쳐 아파도 가도 해도 끝없는 길

한 송이 꽃을 피우기 위해
강추위 얼음장 아래 눈밭에서
겨우내 울부짖으며 몸부림치거늘

하물며 저 사납고 가파른
사다리를 한 계단 한 계단
쉼 없이 오르고 오르는 길이야
그 얼마나 눈물겹도록 고달프랴

오직 끝까지 올라가야 한다는
기어코 가꾸고 이루고야 말겠다는
펄펄 끓는 투지는 가슴을 들썩이고
시뻘겋게 타오르는 열정의 불길이여

가다가 하다가 쓰러질지라도
결코 포기하거나 좌절할 수 없다는
앞에서 끌고 뒤에서 재촉하는 소망들

아, 그 어렵고 힘든 길에

켜켜 쌓인 눈물과 고통인들 오죽하랴

설렘으로 꽉 찬 영혼

싱그런
꿈이 노래하고
소망의 물결이 춤을 춘다

터질 듯
부풀어 오르는
설렘으로 꽉 찬 영혼이어라

넘실거리는
꿈과 소망
활활 불타는 일렁이는 불꽃

앞날을 향한
밝고 환한 빛
너울너울 노래하고 춤을 추는

한 계단 한 계단

사다리를 오른다
모질도록 가파른 길
오로지 위만 바라보며
쉼 없이 오르고 오른다

마지막 그 순간까지
서두르면 안 되는 길
거친 숨소리 가다듬어
조심조심 오르고 오른다

실족하면 끝장이다
한눈팔아도 아니 된다

오를수록 점점 힘든
터질 듯 부푼 꿈을 향해
끝도 없이 올라가야만 하는

어제도 오늘도
그리고 내일도 모레도…
한 계단 한 계단
오르고 올라가야만 하는 길

영혼의 노래

마음도
가슴도 영혼도
슬픔 속에 흐느끼고 있네요

눈 속에
고인 그 눈물은
가슴이 찢어지는 슬픔이요

어깨
들썩이는 그 울음은
영혼 무너져 내리는 아픔이죠

사랑하는
사람 먼저 보낸
그대의 울부짖음 몸부림이여

안타까운
설움의 함성이여
끓고 타오르는 애절한 아우성

아,
영원한 사랑의 통곡이여

숨이 멎을 듯한 영혼의 노래여

모질고도 험한

눈물 젖은 빵을
먹어 보지 않고서는
가난을 말하지 말고

찢어지는 이별을
겪어 보지 않고서는
사랑을 말하지 말며

숨 막히는 슬픔에
울부짖지 않고서는
아픔을 말하지 말라

거친 폭풍우 속
그치지 않는 설움
모질고도 험한 길이여

자신의 말이 곧 자신의 인성일까

선뜻 공감하기에는
쉽지 않은 말인 듯싶다
욕쟁이가 속까지 그런 것은 아니다
도리어 사람답고 너그러운 성품도 있다

눈은 마음의 거울이요
말은 인성을 비추는 거울이지만
말보다 천성이 곱고 아름다운 사람도 많다

말솜씨는
윤기가 자르르 흘러도
성깔은 쓰레기이자 망나니인 사람들도 있다

자신의 말이
곧 자신의 인성이라기보다는
말에서 인품이 우러나오도록 갈고 닦아야 할 듯

뱉으면 이미 엎지른 물,
번복도 후회도 사과도 눈물도 다 소용이 없다
말이란 체로 칠수록 점점 고와지는 가루와 같다

곰팡이

삶의
보금자리로는
도무지 어울리지 않는
대개 물기 많고 어둑하며
바람이 안 통하는 후미진 곳

자리를 잡았다 하면
끝내 소름끼치는 집착
텃밭을 일구고 가꿔 가는
그 무섭도록 끈질긴 생명력

굳세게 살아야 한다는
아무리 고되고 버거워도
날로 날로 번성해야 한다는
굽힐 줄 모르는 열정과 투지

설레는
앞날을 향한
사납고 험한 도전 앞에
기어코 펼치고 이뤄 내려는
오직 장엄한 꿈이 있을 뿐이다

꿈꾸는 꿈

꿈 위에
꿈이 있고 속에도
옆에도 아래에도 꿈이 있다

꿈을
먹고 사노라면
꿈이 꿈을 낳고 부른다
희망은 또 다른 희망을 부르듯

한도 끝도 없이
도전하고 투쟁하는 길
쉼 없이 가꾸고 일궈야만 하는

저 아름다운 무지개처럼
항상 눈앞에서 아른거리는
그 길을 가기 위해 딛는 발길들

꿈이 달린다
소망이 춤춘다
희망이 노래부른다
꿈과 소망과 희망은 쉬지도 않는다

말도 많고 탈도 많은

이런 일 저런 일
허구한 날 지지고 볶고
하루라도 조용한 날이 없다

산다는 게 뭔지
경쟁이란 게 대체 뭔지
죽느냐 사느냐 아우성들이다

바락바락 악을 쓰고
아등바등 싸워야만
살아갈 수 있는 삶인 것처럼

메마르고 각박하며
험악하고 난폭하기만 한
제멋대로 휘두르고 해치우면서

슬픔은 슬픔을 낳고
죽음은 죽음을 부르며
하루도 멈춤 없이 다투고들 있다

맨날 엎치락뒤치락
말도 많고 탈도 많은 세상

아, 언제쯤에나 평화가 찾아올까

찾아 헤매는 행복

자신의
마음속에 있는 것을
행복하단 느낌이 행복인 것을
너도나도 이리저리 찾아 헤맨다

있다가도 사라지고
없다가도 금방 피어나는
홀연히 오고 가는 느낌 같은 느낌

오래 머무르지 않으며
한순간 바람처럼 스치는 걸
붙잡고 안 놓으려 악을 쓰고 있다

찾을수록 멀리 도망치는
가슴을 비울수록 웃으며 찾아오는

넉넉한 기쁨과 즐거움
활짝 밝은 웃음이 행복인 것을
탐욕과 출세에 눈이 멀어 울부짖는다

움켜잡는 행복보다
가벼운 마음과 가슴, 영혼으로

훨훨 날아다니는 행복이 훨씬 좋은 것을

분열과 통합

분열 속에 통합 있고
통합 속에 분열이 있다

자신과 자아가 다투듯
분열과 통합도 늘 싸운다

싸우다 웃고 손잡으며
그러다가 대들고 돌아선다

노선과 이념이 다르고
가치관과 사유가 다르다며

엎치락뒤치락 뒹굴다가
껄껄 웃고 춤추고 노래한다

분열과 통합은 반 끗 차이다

햇살 좋은 날

며칠
궂은 뒤 맑은 아침
구름 한 점 없이 파란 하늘
싱글벙글 눈부신 햇살 좋아라

이글거리는
영롱한 눈빛
어루만지는 따사로운 손길
터질 듯 말 듯 산수유 꽃망울들

햇살 좋은
싱그러운 날
덩달아 마음도 밝아지는 듯
가슴까지 시원한 상쾌한 봄바람

저 맑고
파란 하늘처럼
웃음, 화평의 물결로 가득 차
하늘과 땅 둥둥 춤출 수 있다면
아마도 언젠간 그런 날도 오리라

기울어진 운동장

이미 많이
기울어진 운동장일지라도
도전하는 자만이 기회가 주어진다

차오르고 설레는
꿈을 안고 뛰어드는
힘써 애써 스스로 만들고 가꿔
일구는 자라야 때를 만날 수 있는

그 모질도록 사납고 험난한
눈물과 아픔으로 달려야 하는
처절하게 울부짖고 몸부림을 치는
뜨거운 피와 땀을 쏟아부어야 하는
차마 숨 막히는 길이어도 뛰어야 하는

때를 얻든지 못 얻든지
쉼 없이 태워야만 하는 그곳에는
기회가 주어질지도 모르는 불가마
한 줌 재로 남을지라도 살라야 하는
지쳐도 아파도 멈출 수가 없는 길이다

세월을 거스를 수 있는 것은 없다

이보다
좋은 약은 없다
이처럼 기다려지는 것도 없다

슬프고 멍이 들고 아파도
오래도록 얼어붙은 얼음도
어느덧 멈추고 아물며 녹는다

오직
앞만 보고 가는 길
보이지도 않고 멀고 험해도
쏜살같이 달리는 빠른 그대는

굳이
기다리지 않아도
어느샌가 먼저 찾아와서는
보듬고 어르며 앞장서서 이끄는

세월 따라
변하지 않는 것은 없다만
흐름을 거스를 수 있는 것도 없다

소명

우주보다도 소중한 그대는
위대한 황제이자 주인공이다

저 찬란한 해와 밝은 달
밤하늘 무수한 별이 빛나듯
우주에 단 하나뿐인 그대는
눈부시도록 아름답고 향기롭다

그대가 없으면 슬프다
그대 아닌 황제는 외롭다
세상을 다 가진들 무엇하랴
그대 잃은 세상은 텅 빈 것을
그대가 있어야지 세상다운 것을

그대는 더욱 빛나야 하고
그대는 한없이 품어야 하며
우주보다도 넓고 커져야만 한다

그 밝은 눈빛으로 환히 비추고
뜨거운 가슴으로 보듬어야만 한다

소실점

불꽃은
꺼지는 순간 그 빛을 잃듯
스러지지 않는 슬픔과 아픔은 없다

그 누군들 슬픔이 없으랴
어느 누군들 아픔이 없겠는가
모진 슬픔과 아픔에 몸부림치는

못 견디게 눈물겨운 슬픔도
몸서리치도록 찢어지는 아픔도
언젠간 사라지고 아물 때가 온다

아무리
슬퍼도 쓰러지지는 마라
너무너무 아파도 무너지지는 마라

슬픔과
아픔의 연속이 삶이거늘
참고 견뎌 내며 당당하게 일궈 가라

기회란 가꾸고 일구는 자의 몫
행운과 행복도 스스로 만드는 것이다

위대한 존재

그대는 아는가
자신의 가치를 깨닫고 있는가
그 얼마나 소중하고 아름다운지
바로 우주의 황제이자 주인공인 것을

이제라도 알라
창대한 우주가 그대의 것임을
그대의 가슴 안에 우주를 품고 있음을

하늘과 땅 그리고 강과 바다
눈부신 태양과 달 무수한 별들
다양하고 멋진 온갖 생명들까지
모두가 그대를 위해 있는 것이거늘
그런 그대는 그 얼마나 위대한 존재인가

그대의 다정한 눈길을 바라고
포근하고 따사한 손길을 기다리며
그윽이 보듬는 뜨거운 가슴이 그리워
애타게 기도하며 열망하는 간절한 눈빛들

잠시 지나가는 바람 같을지라도
살그미 스치기를 목마르게 기다린다는 것을

조명

어둡고 그늘진 곳을
환하게 밝히기도 하고
다양하고 조화롭게 비추기도 하지만

그들이 지닌 한계는
눈부시도록 현란하고 아름다울지라도

그 빛이
얼마나 밝은지
얼마나 곱고 예쁘며 멋진지
스스로 알 길 없는 범주에 갇히어 있고

위치마다
조도도 각기 다르고
수명의 짧음이 주는 불편 때문에
원망하는 눈빛과 손가락질 따갑다는 사실

다양한 행복을 음미하면서도
좀처럼 느끼지 못하는 가난뱅이 영혼처럼

지금 당장 터질 것 같이
열정에 펄펄 끓고 휘황찬란해도

자신들은 그 멋을 즐기지 못한다는 것이다

언제까지 들뛰며 박수 쳐야 합니까

마음과 가슴
그리고 영혼의 문을
굳게 잠그고 열지를 않습니다

사실은 숨긴 채
거짓말 제조기처럼
진실이 아닌 거짓만을 말합니다

그래야 하는 것처럼
그 길이 곧 살 길인 양
그러지 않으면 안 되는 듯이
오로지 거짓만을 말하는 것입니다

그러니 어찌합니까
거짓인 줄 다 알면서도
믿는 척하는 마음과 가슴과 영혼들

웃어야 하나요 울어야 하나요
언제까지 미친놈처럼 들뛰며 박수 쳐야 합니까

봄바람

아침나절 산책길
엊그제 봄비 내리더니
차갑고 쌀쌀하던 공기가
상쾌하고 산뜻한 느낌을 준다
어느새 봄바람이 어루만지고 있다

이제 곧 살랑살랑
청량한 물결이 일리라
파릇한 새싹들이 움트고
강남 갔던 제비도 찾아오겠지
온갖 아름다운 꽃들도 피어나리라

멋들어진 금수강산
강에는 윤슬이 빛나고
아지랑이 물결 아른거리며
꽃마다 벌 나비 흥겨워 노니는
꿈과 희망들이 넘실거리는 대한민국

다시 새로운 출발
새 시대 새 물결 새 소망
곳곳마다 들끓는 힘찬 발돋움
자랑스런 내 나라 살기 좋은 우리 조국

거친 물살 거꾸로 거슬러 오르는 연어들

지치고 힘들어도 가고 가리라
태어난 모천을 향한 불타는 열망
거친 강물과 냇물 거꾸로 거슬러
힘차고 꿋꿋하게 오르는 연어 무리들

굽이쳐 흐르는
물살 넘고 헤쳐
쉼 없고 멈춤 없는 악착같은 도전
저 멀리 손짓하는 그리운 고향 찾아
온몸이 산산이 부서지고 찢겨질지라도

그 얼마나
간절하게 그리웠던가
어릴 적 알에서 깨어나 자란 그곳
멀고 먼 바다를 향한 모질고 험한 길
어느샌가 다 자라 찾아가는 고향이거늘

그 길이 마지막 길임을 알면서도
다시는 돌아갈 수도 없는 안타까운
결국 목숨 바쳐 이뤄 내야만 하는 소명
어찌 망설임조차 없으랴 숨 막히는 길에

아, 참으로 위대하고 숭고하여라

거친 물살 거꾸로 거슬러 오르는 연어들이여

고독의 굴레

한도 끝도
없이 밀려드는
숨 막히는 외로움 속을 헤매 도는

잠시
스쳐 가는 바람이 아닌
돌고 돌아 그 자리 잇달아 맴도는

헤어나려
애써 울부짖고 몸부림칠수록
점점 더 옥죄어 오고 휘어 감는 쓸쓸함

이런저런
온갖 답답함을
가슴 영혼에 쓸어 담아
엉키고 응어리진 삶의 그림자 굴레여

고요 속의 외침

왱왱 들끓는 우렁찬 함성보다
들릴 듯 말 듯 고요 속의 외침이
피가 마르고 살점 도려 내는 아픔이다

마음과 가슴 그리고 영혼이
송두리째 울부짖는 몸부림이자
당장에 숨 막힐 것만 같은 처절함이요

기막힌 억울한 사연들이랑
숱한 원통한 곡절들이 얼키설킨
차마 감당할 수 없는 참담한 비통함이여

누구한테 하소연할 길 없는
아무한테도 매달릴 수도 없는
오직 혼자서 삭히고 달래야 하는
통절한 마디마다 아픔과 눈물로 가득 찬

눈물겹도록 모질고 험해도
참고 견뎌 내야만 한다는 절규
끝끝내 이겨 내야만 한다는 통곡은
위대한 생존의 굴레로 쉼 없이 돌고 돈다

그때는

한세상 살다가 보면
다시는 들추고 싶지 않거나
두고두고 꺼내 보고 싶은 그 시절

사무치고 응어리진
슬프고 아픈 사연들이랑
기쁨에 환호하던 아름다운 추억들
상처 없는 삶이 있으랴만
울부짖고 몸부림치던 아픔은
멀리 떨쳐 버리려 무진 애를 써도
자꾸만 새록새록 되살아나는 것을

쉴 새도 없이 바쁘게
돌고 돌아 이어지는 삶의 굴레에서
흘러간 숱한 날들,
그때는 왜 그렇게 살았을까
더 멋지게 가꿀 수 있었을 텐데
보다 힘차게 일굴 수도 있었으련만,

이미 지난 시간 속을
음미하고 반추하며 웃픈 쓸쓸함이여

그늘의 꿈

늘 어둑어둑하고
우중충 눅눅한 그늘은
답답하고 우울하며 무기력하기만 하다

언제쯤이나
저 환하고 밝은 세상처럼
빛이 비치고 활기가 넘쳐날 수 있을까

그들이 꿈꾸는
간절한 소망은 소외된 채
어렵고 힘든 처지를 체념하며 살아간다

쥐구멍에도
볕 들 날 있듯
암울한 곳 그늘에도
언젠가는 따사롭고 포근한
눈길과 입김 그리고 손길이 깃들기를,
그들의 열망은 한낱 반향 없는 함성뿐일까

어제도 오늘도 내일도
그들은 간절한 기도로 기다리고 기다리리라

그대 팔이 내 몸을 감싸

나팔꽃의
가녀린 줄기
울타리 올라 칭칭 휘감듯

그대의
팔이 내 몸을 감싸
어루만지며 입김을 토할 때

사랑이리라
뜨겁게 불타는 사랑일지라

믿고
또 믿었던 아름다운 추억들

시든
나팔꽃은
넝쿨이라도 자리에 남기건만

아, 멀리
떠나간 그대는 흔적조차 없네

그대가 머무는 곳마다

맑고 깊은
그대 눈길 머무는 곳마다
웃음과 평안으로 가득 차고
따사한 빛으로 어루만지시기를

훈훈한
그대 입김 머무는 곳마다
차가운 얼음 사르르 녹이고
온갖 갈등과 분열이 치유되어
화해와 통합의 물결 넘실거리길

부드러운
그대 손길 머무는 곳마다
모든 간극과 경계가 사라지고
대화와 소통의 길 활짝 열리기를

한 발 한 발
그대 발길 머무는 곳마다
사랑과 포용의 물결이 넘치고
어울려 거니는 화평이 펼쳐지기를

기쁨과 즐거움

기뻐하고 즐거워하는
마음과 생각 속에서는
저절로 행복감이 피어난다

되도록 자주 많이
기뻐하고 즐거워하라
행복하게 사는 지름길이다

행복은 딴 데서
오거나 받는 게 아니요
마음과 생각 속에 피어난다
기쁨과 즐거움이 행복 밭이다

살아 있음이 곧 기쁨이요
강건한 심신이 바로 즐거움이다

많음이 행복이 아니라
기쁨과 즐거움을 향유함이 행복이다

온갖 기쁨과 즐거움은
그대 마음과 생각 속에서 피어나는 것이다

길 없는 길

제아무리
거칠고 험해도
길 없는 길은 없다

새로 내거나
뚫으면 되는 것이다

힘들고
어렵기도 하리라
지치고 고단도 하리라

가다가
쓰러지거나
아파 몸부림칠지라도

막힌 곳을 허물고
없는 길은 뚫으면 된다

길섶

아무도
돌보지 않아
심히 거칠고 험할지라도
꿈과 소망을 일구고 가꾸는
굳세고 위대한 삶의 굴레에서

끝끝내
살아남아야 하는
기어코 뜻을 펼치리라는
굽힐 줄 모르는 강한 투지는
예쁘고 아름다운 꽃들로 피어나

보람찬
내일을 위해
온갖 아픔 참고 견뎌내는
멋지고 자랑스런 모진 여정
향기롭고 보배로운 다양한 결실들

아, 결코
차갑지만은 않은 삶의 보금자리여

꽃들의 향연

철 따라 산이랑 들에는
다채로운 꽃들이 활짝 피어나
곳곳마다 펼쳐지는 아름다운 향연

밤하늘의 별들만큼이나
강이나 바다 속의 물고기처럼
아롱다롱 어우러져 춤추고 노래하네

그 모진 강추위를 견디고
푹푹 찌는 무더위 가운데서도
어김없이 웃음 짓는 고운 꽃송이들

차갑고 어두운 숲과 들녘
그대들 아니면 뉘라서 밝히랴
간절히 기도하며 기다렸다는 듯
날이면 날마다 새롭게 피어나는 열정

덧없이 피고 지는 수고에도
마땅히 가야 하는 길인 것처럼
묵묵히 때를 이어 가는 끓는 정성
고귀하고 향기로운 이름 모를 꽃들이여

꽃의 피고 짐이 어찌 제 뜻이랴

고운 맵시
덧없이 스러질지라도
탓하거나 원망하지 않는다

잠시 잠깐
머무르다 떠날지언정
아파하거나 울지도 않는다

때를 좇아
피고 지는 것이
어찌 제 마음이자 제 뜻이랴

꿈의 날개

아무리
멀고
높은 곳이라도
마음만 먹으면 갈 수 있고

제아무리
험하고
거친 길이라도
생각만 바꾸면 갈 수 있으며

꿈에는
아름다운
날개가 있어
어디든지 훨훨 날아갈 수 있다

나그네 가는 길

어느덧 저녁 해는
서산마루 걸리었건만
머물 곳이 없는 나그네의 발걸음

비탈길을 오르다
자갈밭 뻘밭을 걷다
발길이 닿는 대로 헤매고 떠도는

정해진
곳도 없으니
그냥 터벅터벅 걷다가
밤이슬 맞고 숲속에 눕기도 하다가

밤하늘
빛나는 별들 벗 삼아
환하게 웃는 달빛 바라보며
고단한 발길 잠시 쉬면 그만인 것을

갈 곳도
오라는 데도 없으니
아무것도 서두를 것도 없는
어제도 오늘도 내일도 구름처럼 가는 길

날이면 날마다

아무도
돌보지 않는
산속 들판에도
날이면 날마다
새로운 꽃들이 피어나듯

무수히
많은 삶의
언저리 뜨락에도
날이면 날마다
꿈과 소망의 물결이 일듯

온갖
열망과 정성
고이고이 보듬어
일렁이며 타오르는
가꾸고 일궈 내려는 불길들

저마다
들끓는 도전 앞에
아무 망설임도 없이
날이면 날마다

활활 불꽃을 지피고 피를 토하네

낮과 밤

이른 아침
밝은 태양빛
눈부시고 아름답게 빛나더니

어느덧
찾아오는
초롱초롱 무수한 별 빛나는 어둠

돌고 돌아 흘러 흘러
이어지는 낮과 밤, 다시 밤과 낮

끊임없이
태어나고 죽는
무수한 생명들처럼
쉼 없이 살아 숨 쉬는 우주 공간

꼬리를 보듬어
낮은 밤을 그윽이 얼싸안고
밤은 낮을 고이고이 부둥켜안고는

다름 아닌 하나,
함께 웃고 울면서 억겁 속을 뒹군다

내가 나에게

나와
나의 대화는
하자와 말자로 갈린다

어떨 때
마음은 하자 조르고
영혼은 그만두자 말린다

해도
안 해도

내가 나에게
결국은 나와 나

해야 하나
말아야 하나
갈등을 붙잡고 씨름을 한다

내기와 걸기

인생은 도박이다
경쟁도 전쟁도 매한가지
목숨을 걸고 생명을 던진다

길가 풀 한 포기
숲속 나무 한 그루도
끝도 없이 투쟁하며 살아가는

굽힐 줄 모르는
참고 견뎌 내는 투지
꼭 이겨야만 하는 열정
가꾸고 일궈 내야 하는 싸움이다

마지막 그 순간까지
내기와 걸기의 길 위에서
처절하게 울부짖고 몸부림을 치는

지쳐도 아파도 슬퍼도
아무리 힘들고 어려워도
짊어져야만 하는 짐과 멍에
눈물겹도록 험하고 거친 길인 것이다

눈덩이처럼 커지는

사랑은 하면 할수록
점점 뜨겁게 달아올라
눈덩이처럼 무르익어 가고

탐욕은 내면 낼수록
점점 더 크게 부풀어
한도 끝도 없이 커져만 간다

땀은 흘리면 흘릴수록
밤새 푹 곤 사골국처럼
진하게 우러나 열매를 맺으며

강물은 쉬지 않고 흘러
희망의 바다를 향하다가
언젠간 뜻을 이루고 꽃을 피운다

한 줌 눈이 모이고 쌓여
눈사람과 얼음산을 만들 듯
함께 뜻을 모으면 못 이룰 일은 없다

돌파구

없는 길은
새로 만들고
막힌 길은
허물고 뚫으면 된다

실패는
성공의 디딤돌이요
좌절은
새 출발의 징검다리이다

절망은
희망의 밑거름이자
지름길로 가는 기폭제이다

건너지
못할 강은 없다

아무리 높아도
오르지 못할 산 또한 없다

따스한 봄처럼

그대의
마음도 가슴도 영혼도
언제나 따사로운 봄이기를

봄처럼
밝고 화사한 눈빛
부드럽고 따스한 손길이여

온 누리를
고이고이 감싸고
어루만지는 햇살처럼
한없이 포근하고 따뜻하기를

넘실거리는
넉넉한 강물처럼
곱게 반짝이는 윤슬처럼
자유와 평화의 물결 넘치기를

마음의 눈

곱고
아름다운 마음씨는
따사로운 눈을 지녔으리라

두루
보듬고 어루만지는
사랑스런 손도 가졌으리라

머무는
곳마다 살펴 주는
조심스런 마음과 눈길 손길

포근하고 너그러워
넘치도록 베풀고 챙겨 주리라

언제나 한결같은
변하지 않은 따뜻한 가슴
언제까지나 밝고 환히 빛나리라

마음의 통곡

우는 마음은
울부짖는 아픔이요
서글픈 가슴은 눈물이어라

삭힐 수 없이
저리고 아픈 마음
달랠 길 없어 서러운 가슴

마음이 울면
가슴도 따라 울고
가슴이 흐느끼면 영혼도 울고

아파서 슬퍼서
울고불고 몸부림을 치는 것을

사무치도록
북받쳐 오르는 설움
목 놓아 밤새워 통곡하는 것이다

마지막 그 순간

그대
내 인생아

훗날
마지막 그 순간

그동안
참 수고했고
열심히 살았다

웃으며 말해 주오

마지막까지

악착같이
살아야만 한다면
차마 눈물겹도록 힘들어도
꿋꿋이 참고 견뎌 내야 한다면

끝끝내
도전하고 투쟁하여
꿈과 소망을 버려서는 안 된다

아무것도
겁내지 말고
온 힘과 열정을 쏟아부어
희망을 보듬고 꽃피우는 것이다

알찬 열매는 결국
정성껏 가꾸는 자의 몫
보란 듯 당당하고 옹골차게
마지막까지 쉼 없이 일궈 가는 게다

맷돌

돌덩이를
자갈과 모래로 만들려면
잘게 쪼개고 갈고 빻아야 하듯

말과 글
또한 그 용도에 따라
크기와 굵기를 잘 골라야 한다

혀와
사유에 큰 맷돌을 달고
함부로 뱉는 실언을 피해야 하며

물론
선이 굵직하고 클 때는
곧고 담대하며 당당히 내뱉고
가늘 때는 조심조심
부드럽고 잘게 갈고 빻아야 좋다

말과
글이란 한번 내뱉으면
사과한다고 끝나는 게 아니요
숨기거나 지울 수도 없는 괴물이다

멈추거나 쓰러지면 안 된대요

가는 길이
숨 막히도록
험하고 거칠지라도
기어코 가야만 한대요

하는 일이
너무너무
어렵고 힘들지라도
반드시 해내야만 한대요

오를 길이
제아무리
높고 가파를지라도
끝까지 올라야만 한대요

가다가
하다가
오르다가
지쳐도 아파도
멈추거나 쓰러지면 안 된대요

멈출 수 없는 발걸음

어제도 걸었고
오늘 또한 걸었으며
내일도 걸어가야 하는 여정

거칠고 험하여
잠깐 멈추고 싶지만
쉼 없이 딛어야만 하는 발걸음

도전이란 뭔지
투쟁이란 무엇인지
꿈과 소망으로 설레는 가슴
줄곧 달리라 재촉하고 졸라대는

지친 삭신 늘어지고
고단한 영혼 나른해도
멈춤 없이 가야만 한다고 다그치는

한도 끝도 없는 길
갈수록 멀고 먼 길을
끝내 가꾸고 일궈야 한다 울부짖는다

무한도전을 향한 길

치열한 생존경쟁도
꿈을 가꾸려는 수고도
소망을 일궈 나가는 노력도
무한도전을 향한 아우성 춤이다

진행형 꿈과 소망은
활활 타오르는 불길이고
펄펄 끓어넘치는 열정이자
일렁이며 이글거리는 용광로이다

멈출 수 없는 발걸음
언제나 새로움을 향하는
굳세고 끈질긴 거친 투쟁은
무한도전으로 향하는 모진 몸부림

한도 끝도 없는 그 길
아프고 슬프고 힘들어도
끝끝내 굽힐 줄 모르는 투지
삶의 위대한 꽃이자 찬란한 빛이다

미워하고 싫어하는 마음

지극히 따뜻하고
너그러운 인간이지만
자칫 삐뚤어지기라도 하면
차갑고 날카로운 매정한 동물이다

아롱진
서운함은 쉬 삭지도 않고
사무친 배신감은 죽도록 못 잊는다

서리서리
엉켜 맺힌 응어리들은
솟구치는 샘물처럼 용솟음쳐 들끓어

끝내 떨치지 못하고
끙끙대며 아프게 끌어안고 살면서도

끔찍하리만치
오래 굽이쳐 흐르는
미워하고 싫어하는 마음-
통 크게 용서하지 못한 채 몸부림을 친다

미워하지는 말아요

활활 불타는 불가마보다
펄펄 끓는 시뻘건 쇳물보다
더 뜨겁고 모진 것이 미움이지요

미워하는 가슴은 아파요
저주하는 영혼은 너무 괴롭고
싫다 소리치는 함성은 잔인해요

겹겹 맺히고 쌓인
지역감정도 마찬가지
원망하거나 손가락질하지 마요
뭉치는 행동이 나쁘지만은 않거늘

숱한 국난을 이겨 낸 원동력
위기 때마다 나라를 구하였거늘
어찌 나쁘다 밉다 말할 수 있으랴

그 억세고 단단한 힘을
서로 편을 갈라 미워하지는 마요
아무리 미울지라도 미워하지는 말아요

밤하늘

고요히 잠든
깊고 어두운 밤

누구를
그리워하기에

밤을 새워
기다리고 있나

초롱초롱
불 밝힌 등불들

타는 듯이
붉은 가슴이어라

벙거지 눌러 쓰고

나그네 걷는 길에
머물 데 따로 있나

벙거지 눌러 쓰고
하염없이 걸을 적에

어느덧 저녁 해는
서산마루 걸리었네

변함없기를 약속한 사랑

둘이 다정스러운 눈빛으로
손을 잡고 따스한 속삭임으로
뜨겁게 벌렁이는 따끈한 입술로

펄펄 끓어넘치는 불타는 가슴으로
언제나 변함없길 약속하였건만

모두 거짓이요 장난이었나요
사랑하기에 헤어져야만 한다는
죽도록 영원히 사랑하기 때문에

헤어질 수밖에 없다는 날벼락 같은
그 말 불쑥 뱉고 총총 멀어져 간 당신

그때는 그 말이 무슨 뜻인지
안 돼 안 돼 슬피 울부짖으면서도
어떤 의미인지도 몰랐던 작별의 인사
사랑하는데 어이해 헤어져야만 하는가

그댈 꽉 부둥켜안고 놓지 말았어야
변함없기를 약속한 당신과 같이
소중한 인연의 끈 엮을 수 있었으련만,

아, 사랑하기 때문에 헤어져야만 한다는

보름달

이제부터 또다시
매일 조금씩 조금씩
살점을 도려내야만 하는
고통의 날들이 이어지리라

차마 눈물겹도록
감내해야 하는 처절한 아픔

밤낮 울부짖고
몸부림쳐야만 하는
심히 모질고 험난한 길
피할 수 없는 숙명의 나날들

마지막에는 또
허물어진 만큼 쌓아 올리는

쉼 없이
오고 가는 길목에서
오로지 참고 견뎌 내야 하는
숨 막히도록 고단한 여정이어라

봄

봄 봄 봄
봄이 왔군요!

저
꽃 좀 봐요
어머, 이뻐라!

저
벌, 나비들도
너무너무 좋아해!

봄비

삼일절의
아픔을 되새기는 듯
민족의 맺힌 한을 씻어 내려는 듯
이른 아침부터 부슬부슬 내리는 약비

뿌옇게 흐린
눅눅한 저편에는
스멀스멀 아지랑이 아른거리고
촉촉이 어루만지는 맑은 빗방울은
발가벗은 가지마다 구슬처럼 대롱대롱

온 누리
새 생명 화들짝 깨어
싱그러운 소생의 기쁨 출렁이리라
온 누리 새 출발 나팔소리 우렁차리라

이제부터
또다시 활짝 펼쳐지어
싱싱한 푸르름으로 가득 차고
새로운 꿈과 소망의 물결 넘실거리리라

봄의 소리

어느샌가
곁을 찾아오는 봄은

모습보다 먼저
느낌과 울림으로 온다

실바람 앞세우고
몰래 숨어 속살거리고

개울물 도란도란
청아한 새들 합창 소리
촉촉이 어루만지는 단비

봄의 소리는
수줍은 색시처럼 살짝 온다

부부 공동체

가정과 가족을 이루는
한 쌍 남녀끼리의 만남

사랑의 불꽃을 피우고
하늘이 맺어 준 귀한 반려

슬플 때나 기쁠 때나
아플 때나 건강할 때나
가난할 때나 부유할 때나

죽음이 갈라놓을 때까지
사랑하고 존중하며 살기를
굳게굳게 다짐 맹세한 사이

아무리 지치고 힘들어도
울부짖고 몸부림칠지라도
오롯이 보듬고 감싸야만 하는

어쩌다 잊을 때가 있다
소홀히 하고 멀리할 때도 있다

불장난 같은 사랑

사랑은
불꽃놀이가 아니다
어느 한순간 뜨겁게 타오르다
꺼지는 현란한 몸놀림도 아니다

마음과
가슴과 영혼을 모아
굳건히 약속 다짐하는 맹세이다

좋아한다
섣불리 고백 말라
사랑한다 함부로 말하지 말라
깊이깊이 새기고 녹여 내야만 한다

아름답고 향기로운
그윽하고 황홀한 합창
그 노래 앞에 한 점 부끄럼도 없는

떳떳하고도 당당한
항상 정성껏 갈고 닦아
보듬고 가꿀 수 있는 길이어야 한다

비수

누구나
품고 있는 칼이지만

남의 껍질을
벗길 때는 날카롭고
자신의 껍질을
벗길 적에는 무디기만 하다

남의 허물은
잔인하게 쑤셔 대면서도
자신의 허물은
모른다 깔아뭉개고 쪽쪽 뻘고…

남의 모가지는
단칼에 뎅강 잘라 버리면서도

자신의 모가지는
천년만년 오래 붙어 있기를 바란다

빛과 어둠

눈빛은
맑고 밝아도
가슴속에는 어둠이 깃들어

밝혀질까
겁을 내고
드러날까 두려워하기도 하는

은밀히
아무도 몰래
영원히 숨기고 싶은 것도 있고

빛이
싫어서가 아니며
어둠을 좋아해선 더욱 아니지만

어둠이
사라지지 않으리라는,
언제까지나 어둠 속에 묻히고 싶은

사람 사는 세상

끝내 살아야 하겠다는
오직 살아남아야만 한다는
저마다 외치는 통절한 절규는
울부짖음으로 온 누리 가득 차고

꿈과 소망으로 향한
끊임없는 아우성과 도전
기어코 이루고야 말겠다는
활활 타오르는 열정으로 일렁이네

선의의 경쟁으로 시작하여
숨 막히는 전투로 이어지고
죽고 사는 결투로 끝장을 내는
승패의 모진 굴레 멈출 날이 없는데

어찌 살아야 잘사는 건지
어찌해야 성공하고 출세하는지
저마다 가는 길은 사납고 험하여
발악하고 통곡하는 처절한 몸부림이여

사랑과 전쟁

웃다가 싸우고
싸우다가 웃는다

사랑인지 전쟁인지
알 길 없는 사랑놀이

사랑의 물레방아

흐르는
물살 따라 쉼 없이
돌고 도는 것이 사랑이지요

흘러내리는
물의 소리는
소곤소곤 주고받는 정든 대화

가물고
천둥이 칠지라도
언제나 멈춤 없이 돌고 돌아가는

지치고
힘들지라도
멈출 수 없는 사랑의 물레방아여

사랑의 힘

미움과
분노가 녹아내려
고이고이 보듬고 아끼는 마음

깊고 너그러이
웃음 짓는 가슴
포근하고 부드러운 따끈한 손길
인애와 용서로 얼싸안는 배려이다

천 날 만 날
켜켜 쌓인 저주와
뭉쳐 엉켜 붙고 맺힌 설움까지
남김없이 삭히는 뜨거운 영혼은
한도 끝도 없이 사랑하는 기도이다

오로지 용서하는 길만이
한없이 베풀고 살피는 마음만이
항상 보듬고 어루만지는 가슴만이

활활 타오르는 사랑의 힘
펄펄 끓어넘치는 기도의 힘
한결같이 아름답게 빛나고 넘치리라

사랑할수록

그대를
향하는 이 내 가슴
점점 뜨겁게 타오르고 있어요

생각할수록
자꾸만 그립고
달콤한 것인지 향기로운 건지
그리워할수록 못 견딜 것 같은

사랑한다는 게 이런 것이지
온통 그대 생각 가득 찬 뇌리
기쁨과 희망의 노래 절로 나오는

날 새롭게 태어나게 한 사람
들뜨고 설레는 마음 안겨 준 사람

낮이나 밤이나 그대 생각뿐
행복인지 즐거움인지 끓어넘치는

생각할수록 너무너무 고마운 사람

새빨간 거짓말

어린 시절
초등학교 다닐 때
선생님께서 이르시기를

말 안 듣는 아이
번쩍 들어 내던지면
저 시퍼런 바다에 떨어진다

그때는 믿었다
믿을 수밖에 없었다
그처럼 위대하고 무서웠다

돌이켜 보면
새빨간 거짓이었건만
참말인 줄로만 알고 믿었다

어리고 순진한 아이
말 잘 듣게 하려는 엄포
철부지 시절에는 전혀 몰랐다

생떼

이 세상에서
가장 어려운 일은
생떼 쓰며 우는 아이
살살 어르고 달래는 일이다

차마
때릴 수도 없고
눈알을 부라리며
소리치고 윽박지르면 놀라고

노래하고 춤추고
업어 주고 안아 주고
별짓을 다 해도 소용이 없다

울다 울다
지쳐 잠들 때까지
그냥 지켜보는 수밖에는 없다

설마 설마 하다가

단 한 번의 실수도
용납되지 않는 추락과 실족
튼튼한 다리도 무너질 때가 있다

한 방에
가는 수가 있다
까불고 촐랑대다 떨어지는 것이다

너무 서둘러도 안 좋지만
게으른 안전불감증은 더 위험하다

믿는 도끼에
발등을 찍히듯
자칫 허술한 빌미가 기화를 만든다

늘 도사리고 있는 늪과 수렁
언제 닥칠지 모르는 숱한 액운들

방심과 태만은 절대 금물이다
자신만만하거나 설마 설마 하다가
큰코다치고 자칫 개망신까지 당한다

소리 소문 없는

아무도
모르게 베푸는 선행
하늘과 땅, 신께서만 아시는

귀신도
모르는 행동 같아도
끝까지 은밀한 비밀이란 없다

오른손이 하는 일을
왼손도 모르게 해야 한다
공기도 바람도 몰라야만 한다

천리만리
울려 퍼지는 잔치에는
파리들만 끓지 먹을 것이 없다

소리 소문 없는,
한없이 향기롭고 고귀한
그런 세계가 있기는 한 것일까

소중하고 절실한

누구도 대신
살 수 없는 삶은
살아도 내가 살고
죽어도 내가 죽듯이
그 주인공은 오롯이 나뿐이다

기어코 하고야 말리라는
반드시 해내고야 말겠다는
소중하고 절실한 꿈을 향한
들끓는 투지와 도전도 내 몫이다

소망을 향한 투쟁도
희망으로 향하는 열정도
정성을 다 들여 밥을 짓듯
가꾸고 일구며 끓여야 하는 길이다

남다른 뜨거운 사랑도
아낌없는 희생과 헌신도
이런저런 온갖 많은 수고를
다 쏟아붓는 아름다운 봉사도
꿈꾸는 자만이 지닐 수 있는 향기이다

순간의 선택

선택은
한순간이지만
그 빛과 그림자는 오래 간다

갈림길에서
섣부른 선택은
후회, 한숨을 잉태하고
되돌릴 길 없는 늪에 빠진다

설익은
속단은 화를 낳고
경솔한 결정은 실패를 부르니

함정과
그늘을 경계하라
함부로 선택하거나 결정 마라

그 결과는
스스로 책임지거늘
보란 듯 당당하되 신중해야 한다

슬퍼하는 사람들

아,
그 얼마나
슬프고 아파
미어지고 찢어지면
쥐어뜯고 구르며 통곡할까요

아,
그 얼마나
기가 막히도록
원통하고 억울하면
울부짖으며 몸부림을 치나요

아,
그 얼마나
암담하면서도
절망하고 좌절하면
저리 서럽게 발버둥을 칠까요

슬퍼하는 사람들이여
그런 길이 삶이자 여정인 것을

신호등처럼

사람 몸뚱이도
독주를 마시거나 만취하면
알딸딸하고 휘청휘청 몽롱하여
오락가락 깜빡깜빡하거나 꺼진다

스트레스
켜켜이 쌓이면
여기저기 덜컹 삐걱대고
피로가 겹치면 탈이 나고 병이 든다

사랑에
깊이 빠지거나 홀리면
정신줄 놓고 이리저리 헤매며
너 죽고 나 죽자 서글피 통곡을 한다

자칫 심신이
망가지면 고치기도 여간 힘들다
거리의 신호등처럼 쉽게 바꿀 수 없다

고장 나고
상하지 않도록
미리미리 챙겨서 건강을 지켜야만 한다

쓴웃음 같은 삶

여의치
않은 삶 속에서
꼬질꼬질한 일상 속에서
뭐 하나 시원히 풀리지 않는

뒤틀리고
어긋나고 꼬여
맨날 그 타령 그 꼴인 걸
이러구러 살자니 고리타분한

뜨락에
나간들 그러하고
언덕에 올라 본들 매한가지

늘 지지고 볶는
삶이란 그렇고 그런 것
엎치락뒤치락 허덕이는 것을

잘난 놈이나 못난 놈이나
한세상 살기는 거기서 거기
아등바등 살다 보니 노을이더라

아름다운 사랑

그냥 무조건
좋은 것이 사랑이다
물론 아름답고 예쁜 것을
보듬고 아끼는 것도 귀한 사랑이지만

비록
밉고 싫은 것일지라도
가까이 좋아하는 것이 더 귀한 사랑이다

그저 한없이
베푸는 게 사랑이다
내 몸처럼 보살피고 소중한 것이 사랑이다

아름답고 설레는 꿈

일곱 빛깔
무지개처럼
알록달록 영롱히 아름다운

바라보는
것만으로도
한껏 가슴 차오르는 설렘

파릇파릇
움트는 잎새들
싱그럽고 힘찬 소생의 환희여

아름답고
설레는 꿈과 소망
누리에 가득한 희망의 물결이여

아직도 그대는 내 사랑

잊을 수 없는 그대
잊히지 않는 그리움
못내 지울 수 없는 아픔이어라
새록새록 피어나는 그대 모습이여

밤하늘의
별빛처럼 빛나는 그대
아름다운 꽃같이 웃음 짓는 그대
여전히 잊지 못해 보고 싶은 사람아

못 잊어
고이고이 어여삐 얼싸안고
마음으로 가슴으로 영혼으로
안아 주고 업어 주고 늘 기도하는
사무치는 그리움 흐느끼고 몸부림치는

아,
아직도 그대는 내 사랑
너무나도 보고 싶고 그리운 사람
가슴 시리고 저리도록 사랑하는 그대여

아직도 못 찾은 사랑

달빛 밝은
고요한 깊은 밤
뒷산 숲속
홀로 우는 소쩍새는
그리운 사랑 찾는 울부짖음인가

밤이면 밤마다
목 놓아 울며 불러도
소식 없는
사무치게 보고픈 임
울고불고 긴긴 밤 새우려 하는가

뜨겁게 활활
타오르는 그리움
애태워 소리쳐
찾아도 대답 없는
무심하고 야속한 임 찾아 헤매나

아직도
못 찾은 사랑
보고파 그리워
밤을 꼬박 새워 몸부림치고 있는가

아픔의 길

눈물과
상처를 부둥켜안고
모진 고통을 참고 견딜지언정
차마 눈물겹도록 고단한 삶일지라도

언젠간
끝날지도 모른다는
나중에는 마지막이 나타나겠지
그 아픔을 어루만져 묻고 딛으며
내일로 향하는 길 위에서 울부짖거늘

아무리
아프고 저려도 가리라
가다가 지쳐 아파 쓰러질지라도
나아가는 발걸음을 멈추지는 않으리라

험하지
않은 길이 어디 있으랴
눈물과 고통의 연속이 삶이거늘
끝끝내 좌절하거나 포기하지는 않으리라

악마의 사랑

거친 호흡과 몸짓은
황홀한 합주를 연출하듯
현란한 몸놀림 울부짖는다

아찔한 사랑놀이는
몸과 마음 영혼이 하나
활활 불타고 펄펄 끓는 듯

악마 같은 괴물처럼
괴물 같은 악마인 양
부둥켜안고 이글거리는 불꽃

죽도록 사랑할 듯이
영원히 한결같을 것처럼
증기 기관차 뜨거운 입술
항상 변함없이 그럴 것처럼

악마는 자취 없이 가고
사랑만 언제까지 남기를
그런 사랑 주고받는 것이리라

양보와 포기 그리고 통합

아름다운
통합을 위해
보다 향기로운 화합을 위해
양보와 포기를 선택할 때가 있다

갈등과
분열을 치유하고
성숙한 민주주의를 꽃피우는 길

많은
환호와 박수를 받는
아픔과 눈물의 위대하고 숭고한

결코 쉽지 않은
많고 값진 열매를 얻기 위한
고귀한 가치와 큰 용단을 요구하는

양보와 포기
그리고 통합은
어느 하나 소중하지 않은 것이 없다

어루만지는

고이고이
어루만지는
정겨운 손길들이여

아이를
씻기고 어르는
엄마의 정성스러운 손길처럼

포근히
보듬고 살피는
훈훈하고 따사로운 햇살처럼

살며시
스치는 듯
다정스레 쓰다듬는 미풍같이

목 타는 가뭄
시원하게 풀어주는 단비같이

달콤한 사랑 한가득 넘실거리는

어미곰과 새끼곰

깎아지른 듯 가파른
눈 덮인 미끄러운 빙벽을
기어오르는 어미곰과 새끼곰

어미는 단번에 올랐지만
오르다 주르르 미끄러지고
미끄러지는 안타까운 새끼곰

도전을 거듭할수록
더욱더 악착같이 끈질기게
어미가 있는 위로 기어오르는…
처절한 울부짖음과 몸부림

모질고 험한 훈련일까
옆에 올 때까지 기다리는 어미

차마 가혹하고 잔인해도
혼자 이길 힘을 키우는 것이리라

마침내,
둘이 만나 신난 듯 들뛰며 달린다

어우렁더우렁

인생 한세상
산다는 게 뭐 별 거더냐
아등바등 헤매고 부대끼다가
문득 노을빛에 물들어 저무는 것을

그래 잘나면
무엇이 그리도 잘났더냐
잘나고 못 난 건 거기서 거기
대개 도긴개긴에 오십보백보인 것을

재산도 명예도
흘러가는 구름 같은 것
죽자 사자 챙기고 움켜잡은들
어느새 훌쩍 사라져 버리는 덧없는 것

그러니 여보게들
기를 쓰고 살아도 한세상
훌훌 털고 살아도 한세상이니
그냥 알맞게 어우렁더우렁 살다 가세나

옛 고향 천기

나이 들면 들수록
점점 더 그리운 고향인가

바다에서 다 자란 연어
태어난 모천으로 회귀하듯

어릴 적 태어나 자란
동네 산과 들이 눈에 밟힌다

고작 초가지붕 세 채
나지막한 야산이 감싼 마을

코흘리개에 눈깜빡이
몹쓸 버릇도 많았던 철부지
늦도록 오줌도 못 가리던 시절

이젠 되돌릴 길 없는
그 아득히 먼 옛 고향 천기,
어머니의 가슴처럼 사뭇 그립다

우기는 게 장땡

똥을
된장이라 하고
오줌을 간장이라 하네

까망을
하얗다 하고
빨강을 노랑이라 하네

우기는 게 장땡인가
믿든 말든 억지만 쓰네

위대한 내일을 위해

끊임없이 닥쳐오는
눈물겨운 아픔과 슬픔을
참고 견디는 인간들의 투지와
도전의 발자취는
가혹하리만치 처절하다

어떻게 해서라도
아무리 어렵고 힘들지라도
보란 듯이 살아가야만 한다는

굽힐 줄 모르는
당당한 투쟁정신은
무한도전을 향한
들끓는 열정이자 용기이다

위대한 내일을 위해
잠시도 지체할 수 없는 길

그 가파르고
험하고 거친 길을
어제와 오늘, 내일과 모레도
계속 멈춤 없이

나아가고 힘차게 달릴 것이다

위로의 힘

그대여
어떤 위로가 좋을까요
힘을 내세요 용기를 내세요

너무너무
지치고 힘들지라도
절대 쓰러져선 안 돼요
절망하거나 좌절하진 마세요

참고
견디노라면
언젠간 웃을 날 오겠죠
밝고 환한 내일 찾아올 거구요

다시
일어나세요
새로운 출발을 하세요
꿈과 소망을 향해 힘차게 달려요

윷놀이

넉동을
한데 업어
날밭에 모셔 놓고

도만 나도 이긴다
제발 빽도만 말아라

자아,
이제 마지막
윷가락 나가신다

어랏,
차차, 윷 아니면 모!

아니,
뭐야, 막판 빽도라니

어이구, 망했다 망했어!

이별 여행

오래도록
보듬고 싶은
소중한 만남일지라도
언젠가는 찾아오는 아픈 이별

뜨겁게
타오르는 사랑도
애틋이 지키고 싶은 사람도
잠시 머물다 보내는 인연일 뿐

덧없이
흘러가는 세월은
알 길 없는 이별 여행의 전주곡

함께 만난
사실만으로도
어울려 지낸 끈끈한 인연으로도

눈물겹도록
고맙고 감사하거늘
떠나보내는 가슴마다 서글피 운다

이별님

임은
가시었습니다
먼 길 떠나시었습니다
사랑한단 말 아직도 생생하건만
그대의 소식 알 길마저도 없습니다

너무나
외롭습니다
다시는 만날 수 없는 길
긴긴 밤 소쩍새 밤을 새워 우니
그대 향한 그리움이 날로 쌓입니다

절대
헤어지지 말자
아무리 어렵고 힘들지라도
참고 견뎌 내며 한평생 같이 살자
설마 약속을 잊진 않으셨겠죠

아,
그리운 그대여
못내 잊을 수 없는 사랑이여
언젠간 한 번만이라도 만날 수 있겠죠

이상한 놈, 착한 놈, 나쁜 놈

어지럽고 험해
말세라고 말한다만
착한 놈이 나쁜 놈보다 많고
이상한 놈들이 이들보다 훨씬 많다

이상해야
정상적인 것처럼
미친 척 취한 척 행동하고 군림하는

하기야,
올곧고 정직한 게 이상하지 않은가

요상스럽고
복잡한 세상
혼자서만 반듯한들
누가 알아주기라도 하겠는가
턱도 없다
그냥 한데 뒤섞이어 묻어 가는 것이다

맑은 물에는
물고기가 덜 모이듯
좀 흐린 듯 해야지만 편할지도 모른다

이율배반

허물과
실수는 다를 수 있지만
내 건 숨기고 남 것만 들추는 건
너무 뻔뻔스럽고 몰염치하지 않은가

물론
깊이깊이 감추고 싶으리라
남 것만 까발리는 공격과 전략이리라

아무리 그래도
감추느라 허둥댈 게 아니라
솔직하게 인정하고 사과를 해야 한다

잘못과
실수 없는 인간이 누가 있는가
세상에는 아무도 존재하지 않는다
먼지 오물을 뒤집어쓰고 사는 인간이다

남만 홀딱 벗길 게 아니라
자신부터 떳떳하고 당당하며 정직하자
먼지와 오물은 털고 씻으면 되지 않는가
그래야 사람대접 받는다

일렁이는 불꽃

뜨거운
가슴이라야
사랑의 꽃을 피울 수 있고

불타는
영혼이라야
열망의 꿈을 가꿀 수가 있듯

이글거리는
영롱한 불길일수록
꿈과 소망을 일굴 수가 있거늘

사랑도 열망도
일렁이는 불길 속에
피어나는 고운 꽃송이 불꽃이어라

잊히지 않는

잊히지가 않아
두고두고 잊을 수 없어라

눈물과 아픔으로
아로새기고 사무치는
켜켜 엉키고 맺히어 쌓인

사납고 험한 길
처절히 겪고 부딪혀
찢기고 부서진 숱한 상처

그런 게 삶이겠지
참고 견뎌 내야만 했던
울부짖으며 몸부림을 쳤던

보란 듯 당당하게
묵묵히 걸어온 그 길
설레는 꿈과 소망을 향한

자꾸 생각이 나요

나이 어릴 적에
무지하게 춥던 겨울철
앞 들판 논배미 얼음판을
시린 발가락 동동동 구르고
손가락 호호 불며 막대 송곳 휘저어
앉은뱅이 썰매 타며 뛰놀던 생각이 나요

코흘리개 시절
코 훌쩍거리고 눈 깜빡이며
목구멍 킁킁대는 나쁜 버릇 때문에
자주 놀림 당하고
늦도록 오줌 못 가려
아침 일찍 키 쓰고 소금 동냥
옆집 아줌마 소금 뿌리며 야단맞던 생각이 나요

왜 그렇게 학교가 가기 싫은지
아침밥 먹고 꾀병으로 배 깔고 엎드려
배 아프다 엄살떨던 초등학교 시절이 생각이 나요

가끔 이런저런 생각이 날 때면
아, 그러면서 철들고 크는 거구나 싶어 그냥 웃지요

작은 거인

냇물이나
강, 바다를 향해
흐르는 한 줌의 물줄기마다
당당히 힘차게 내딛는 발걸음

비록
출발은 작을지언정
이제 곧 점점 크게 모일 터
도도히 굽이쳐 흐르는 큰 물살

언젠간
이루어지리라는 꿈
소망을 향한 줄기찬 도전은
결국 꽃이 피고 열매를 맺으리니

뜨겁게
활활 타오르는 불길
쉼 없이 흐르는 강물처럼
마침내 바다에 이르는 날이 오리라

장단점의 한계

높은
산일수록 골짝도 깊고
큰 나무일수록 그림자도 길다

어느
누군들 장단점이 없으랴
장점이 많으면 단점 또한 크다

금수저와
흙수저 꽃길과 흙길
흠, 상처 없이 완벽한 곳은 없다

사랑에도
온기와 냉기가 있고
미움도 포용과 저주가 공존한다

허물과
잘못, 수많은 실수는
허점 많은 인간들의 일상인 것을

장단점의 굴레는
누구나 다 향유한 생존의 한계이다

저물지 않는 마음

어느샌가
저문 몸은
삐끄덕 구부정할지언정
마음은 청춘 그대로인 것을

하늘을
훨훨 날고
파도를 헤쳐 달리며
들이랑 산등성 뛰어노는
싱그럽고 푸르른 젊음이어라

아직도
들끓는 심장
활활 불타오르는 열정
바글바글 용솟음치는 전투력

언제나
한결같은
힘차게 내달리는 꿈들
싱싱한 힘, 저물지 않는 마음

전쟁과 평화

예로부터 오늘날까지
강자가 약자를 예속 지배하는
잔인한 수단과 방법이 전쟁이요
비참한 죽음과 파멸의 원흉이지만
비난과 질타를 아랑곳하지 않는 무리들

보다 많은 자원과 지역을
병합 통치하려는 지배자의 욕망은
수많은 목숨을 무참히 앗아가고
소중한 재물들을 파괴하면서까지
저지르는 악랄하고 무자비한 공격과 횡포

안전을 보장받기 위해서라는 구실
강한 힘으로 내일을 지키겠다는 명분
결국 강력한 지배력만이 평화를 지키는
유일한 길이자 힘임을 내세우며 군림하는

눈물과 아픔에 울부짖는 통곡소리
산산이 부서지는 절망, 처절한 몸부림
소망하는 평화와 안전이 지켜지기는 할까
아, 눈물겨운 참화는 당연한 비극으로 여기는가

절대 해서는 안 되는

스스로
선택하는 길일지라도
절대 가서는 안 되는 길이 있다
너무나 지쳐 아파 죽고 싶다는

아무리
가까운 부부일지라도
절대 해서는 안 되는 말이 있다
당신이 아닌 다른 누구누구
사랑하고 있고 사랑하고 싶다는

아무리
어려운 처지일지라도
절대 해서는 안 되는 행동이 있다
죽기 전에 반드시 갚을 테니
딱한 형편을 살펴 주고 도와달라는

간과 쓸개
그리고 영혼까지 다 팔아
죽어도 안 변할 테니 믿어 달라는 헛말

절친과 원수

싸워야만 하기에
싸우지 않으면 안 되기에
어제는 친구요 오늘은 적이다

비록 오늘은 적이지만
영원한 원수는 없으리라는
막연한 기대는 한낱 망상일까

싸울 수밖에는 없는
처절하고 냉엄한 현실 앞에
필승의 투지를 누를 수는 없다

어떻게든 이겨야만 한다
이기지 못하면 내가 죽는다
죽느냐 사느냐의 갈림길인 게다

이 싸움은 정당행위이다
부끄럽거나 미안하지도 않은
쉼 없이 도는 당당한 승부의 세계

제물

오죽하면
소중한 자기 생명을
사랑과 내일의 제물로 바치겠는가

도저히
이대로는 안 되겠다는
들끓어 굽이치는 사나운 물살
그냥 지켜볼 수 없다는 거센 함성

스스로
목숨까지 내던지는
그 위대하고 고귀한 희생,
천천만만 송이의 꽃으로 피어날지니

아,
아름답고 숭고한 그대-
영원토록 살아남을 향기로운 영웅이여

제아무리 지지고 볶아도

세상이 왜 이래
미치고 환장하겠네
들들 지지고 볶아도 세상은 돈다

언제쯤
소중하고 아름다운 우주의
종말이 올지는 알 길조차 없지만

제아무리
멋대로 휘젓고 들뛰어도
아침이면 찬란한 태양은 떠오른다

뭐가
그리도 대단하고 잘났는지
우주의 왕이요 황제인 것처럼
오만스레 폼을 잡고 으스대지만
한낱 물거품 이슬같이 스러지거늘

이 세상 한 사람
한 사람 모두 다 같은
우주의 왕이자 주인공인 것을
저 혼자만 독차지할 수는 없는 것을

좀도둑과 대도

욕망은 훔치라 조르지만
양심은 참아야만 한다 말린다

욕망도 양심도 함께하여
이것저것 꼬불치고 움켜쥔다

과자 하나에도 벌벌 떨면
그놈은 보나마나 좀도둑이요

닥치는 대로 챙기고 숨기면
그놈은 틀림없이 대도일 게다

자기 호주머니 넣는 거나
남 호주머니에 넣는 거나 같다

눈물도 아픔도 없는 도둑은
한도 끝도 없는 탐욕에 발광하며

물질을 훔치는 것보다도
정직과 공정 상식을 도륙 내고도
자신만이 옳고 곧다 억지를 쓴다

좋은 생각, 좋은 행동

마음이
맑아야 눈이 밝고
가슴이 훈훈해야 손도 따습다

따듯한
햇살 같은 너그러움
포실히 피어나는 사랑의 온도

눈물도
아픔도 미소로 바꾼
그 아름답고 숭고한 담금질은

모진 삶의
굴레를 벗어던진
스스로 참고 견디는 밝은 지혜

주마등

그제와
어제가 다르고
어제와 오늘이 다르다
현란한 변화 눈이 부시다

어제 말과
오늘 말이 다르고
어제 행동과
오늘 행동이 또한 다르다

어제는
안 하겠다더니
오늘은 말을 바꿔
안 하겠다는 게 아니란다

주마등처럼
후딱후딱 언뜻언뜻
빨리 지나가고 바뀌고 있다

어느 장단 맞춰
춤을 추어야 할지 모르겠다

주인공

그대는
바로 우주의 주인
이 아름답고 드넓은 우주는
그대의 사유와 품에서 존재하고

풀 한 포기
나무 한 그루
밤하늘을 수놓는 별 하나까지
우주의 보배로운 주인공들이거늘

자랑스럽고
위대한 그대여
우주를 향하여 크게 소리쳐라
"내가 바로 이 우주의 주인공이다"

늘 당당하라
용맹스럽게 도전하라
두려워할 것은 아무것도 없다
꿈과 소망을 향해 힘차게 투쟁하라

줄다리기

꼭
이기고야 말겠다는
기어코 쓰러뜨려야만 하는
피도 눈물도 없는 승패의 갈림길

젖 먹던
힘까지 다 짜내서라도
숨이 막혀 피를 토하며 죽을지라도

온몸이
뜯기고 망가져도
팔다리 찢기고 해질지라도
눈을 부릅뜨고 끌어당겨야만 하는

차마
잔인하고 가혹한
가슴이 터질 것처럼 저려도
오로지 단 한 길 꼭 이겨야만 하는

끝날 때까지 끝이 없는
피비린내 가득 찬 험한 싸움터이다

쥐도 새도 모르게

낮말은
새가 듣고
밤말은
쥐가 듣는다

아무리
감쪽같이
몰래 은밀하게 해도

바늘이
방망이처럼 커지고
산불처럼 들풀처럼 퍼진다

'아무한테도 말하지 마'
이 말까지 보태서 전한다
입이 근질거려 환장을 한다

새들이
노래를 부르고
쥐들이 밤새 바스락거린다
신이 나서 들뛰며 춤을 춘다

지혜의 샘

아는 게
넓고 깊고 많다 하여
절로 지혜가 샘솟는 건 아니다

물론
폭넓은 지식도 귀하지만
다채로운 경험이 쌓여야만 한다

경륜 없는
지혜는 속 빈 강정처럼
허우대만 멀쩡하지 실속이 없다

많이 배우고 깨달은
명석하고 재빠른 판단력
갈고 닦은 연단과 담금질까지
가히 일컬어 공명이라 할 만하리라

밤새워
우려낸 사골국처럼
깊고 진한 경지 이르려면
가슴도 비우고 홀홀 털 줄도 알아야 한다

질곡의 사랑

아파도 아파도
너무너무 아파도

슬퍼도 슬퍼도
너무너무 슬퍼도

아무런 소리도
못 하는 게 사랑이지요

깊이깊이
아롱진 아픔과 슬픔

지쳐 부둥켜안고
통곡하는 게 사랑이라오

질곡의 삶

아마도
슬픔 없는 삶은 없으리라
누군들 눈물을 흘리지 않으며
서글피 흐느끼고 통곡하지 않으랴

아마도
아픔 없는 삶도 없으리라
누군들 끔찍한 상처 울부짖고
소리 지르고 몸부림치지 않겠는가

거칠고도
굽이굽이 험한 삶
숨 막히도록 가파른 길
눈물겹도록 처절한 아우성 절규
어찌 슬퍼 아파 발버둥치지 않으랴

상처 없는
풀 나무는 없듯
견딜 수 없이 슬프고 아파도
결코 쓰러지거나 포기할 수 없어
굳세게 참고 견디며 도전하는 삶이여

참 고마운 나

이만큼 건강하게
이처럼 성장한 내가
문득 너무너무 고맙다

어린 철부지 때
세상모르던 내가
시 쓰는 시인이라니
얼마나 대견하고 장한가

날 업어 주고 싶다
안고 뽀뽀해 주고 싶다
사랑한다 속삭이고 싶다

더더욱 아껴 주고
열심히 쓸 수 있도록
따뜻한 격려를 해 주고 싶다

마지막 그날까지,
뜨거운 열정이 식지 않기를

참고 견디는

쉼 없이
내딛는 걸음걸음
가파르고 험하여 지칠지라도
꿋꿋이 걸어야만 하는 길이지요

구불구불하고
울퉁불퉁 사나운
진흙탕 뻘밭에 허덕이는 늪
훅훅 헉헉 가쁘고 거친 숨소리

멈춤 없이 걷고 헤쳐
상처투성이 고된 길이어도
끝내 참고 견디는 버거운 길이여

기어코
가꾸고 일궈야 하는
꿈과 소망 향한 설렘을 안고
한결같이 시뻘겋게 타오르는 열정

삶이란 그런 것이려니
굽힐 줄 모르는 도전과 투쟁
마침내 꽃이 피고 열매도 맺으리라

참말과 거짓말

진실과 거짓은 반끗 차이
진실을 말하면 고개를 젓고
거짓을 말해도 고개를 끄덕거린다

말없이 고개로 대답한다
듣기만 하고 눈알만 끔벅인다
듣는 이의 반응을 알 방도가 없다
안다는 뜻인지 모르겠다는 의미인지

참말을 토하는 사람이나
거짓말을 내뱉는 사람이나
믿거나 말거나 씨부리기만 하면 된다

말 속에 말뚝 박은 말이 있고
말 속에 뼈가 있음을 알 턱이 없다
몰래 숨겨 놓은 뜻은 혼자만 알면 된다

번지르르한 말이 듣기에도 좋듯
속 빈 강정이 노인 먹기는 안성맞춤이다

처절한 절규

배고파
못 살겠다
너무 아파 견딜 수 없다
이대로는 도저히 안 되겠다

사는 게
사는 게 아니다
차마 죽지 못해 살고 있다
차라리 죽음만도 못한 삶이지만,

제발
살 길을 마련해 달라
부디 살 수 있도록 도와달라
하루를 살아도 사람답게 살고 싶다

그늘지고 소외된 곳곳
눈물겹도록 아프고 처절한 절규

서럽고 기막힌 하소연들이여
아, 들끓는 아우성을 어찌해야 하는가

천만 번 빌고 빌어

천만 번 빌고 빌어
지구촌 곳곳 들풀처럼 번지는
참혹한 전쟁이 끝날 수만 있다면

천만 번 빌고 빌어
지구촌 곳곳 터지고 일어나는
수많은 재난이 멈출 수만 있다면

천만 만 빌고 빌어
하늘의 진노와 땅의 흔들림이
봄눈 녹듯 녹아내릴 수만 있다면

아, 정녕 어쩌다가
켜켜 겹겹 쌓이고 엉킨 분노가
하늘과 땅을 흔들고 부순단 말인가

천만 번 빌고 빌어
진노와 울분이 잠잠해진다면
우리 모두 손 모아 기도하지 않으련

촉촉하고 따뜻한

날카롭고
차가운 눈빛이 아닌
촉촉하고 따뜻한 눈빛이었으면

메마르고
싸늘한 손길이 아닌
부드럽고 포근한 손길이었으면

정성 다해
사랑하는 마음
감싸고 보듬는 따끈한 가슴
늘 보살피며 어루만지는 영혼

찬바람에도
결코 쓰러지지 않고
거친 파도에도 휩쓸리지 않는

숱한 상처, 아픔
굳세게 참고 견디며
언제나 변함없는 눈빛과 손길
한결같은 마음 주고받을 수 있는

뜨거운 기도가 끊이지 않기를

축소와 확장

스스로
비우는 자는 커지고
커지고자 하는 자는 작아진다

사람다운
멋진 인품과 가치는
풍선처럼 부풀어 커지지 않는다

보석은
썻고 다듬을수록 빛나듯
버릴 건 버리고 갈고 닦아야 한다

치고 박고

소소한
토론쯤이야 치고받지만
죽느냐 사느냐의 공방 전투는 치고 박고…

내세우는
이름이 토론이지
한창 거친 말이 오고 가다 보면
어느샌가 붉으락푸르락 거칠어지는 말투

불끈
오기까지 솟구치어
저마다 죽어도 물러설 수 없는
필승의 전투력까지 승부욕에 불을 당기면

활활 타오르는 공격의 불길
펄펄 끓어넘치는 반격의 투지
부릅뜨고 엉겨 붙어 엎치락뒤치락 쌈박질하는

이미
평정심과 이성을 잃어
기어코 이겨야만 하는 포화의 격전장이다

타이르며 경고하는

거센 바람은
성난 맹수처럼
사납게 휘젓고 몰아쳐
미친 듯이 뒤흔들며 울부짖는다

파도를 앞세워
정신 차리라는 걸까
철썩철썩 후려 때리고 깔아뭉갠다

엄청난 힘으로
몽땅 부수고 뭉갤 것처럼
남김없이 쓸어버릴 것처럼
무시무시하고 험하게 발길질을 한다

미워 말라 타이르고
서로 다투지 말라 했건만
말을 듣지 않는 어리석음을 향해
결국 분노의 심판을 내리는 것이리라

제발 그러지 말아라
참다 참다 타이르며 경고하는 것이리라

통합의 힘

막힌 데 없이
탁 트인 도로를
힘차게 달리는 자동차처럼

마음을 모으고
힘을 합치는 것이
그 얼마나 소중한지 모른다

하나보다는 둘
더 많이 모일수록
무섭도록 커지는 확장의 힘

막힌 데는 뚫고
새로운 길도 내어
모두 함께 도전하고 질주하는

합칠수록 더욱
놀라운 열매를 맺는
아름답고 향기로운 통합의 힘

퇴물

이 세상에
인간 퇴물이란 없다
두 개의 우주 가운데
하나가 조용히 자리를 뜰 뿐

장엄한 우주보다
값지고 소중한 인간이
그 자리를 잠시 비우는 게다

더욱더 빛나기 위해
아름다운 우주를 지키려고
위대한 자취를 보듬고 가꾸는

사라지고 스러짐이
어찌 인간들뿐이겠는가
모두 다 우주의 보석인 것을

쓰지 못해도 늙어도
우주가 있는 한 퇴물이란 없다

포용과 양보

길고 널따란 물줄기
저 푸른 강물과 바다도
늘 엉키고 부딪히며 지내지만

만남이 서로 낯설어도
오로지 하나가 되기 위해
같이 부둥켜안고 몸부림치거늘

따사한 포용과 양보만이
장차 더불어 살아갈 길임을
이미 익혀 잘 알기 때문이지요

풍파

시도 때도 없이
밀려드는 거친 바람과 파도

한순간이라도
마음 놓을 새 없이
느닷없이 흔들고 찢어발기는

참담한
아픔이어라
통절한 슬픔과 눈물이어라
울부짖고 몸부림치는 안타까움

언제
닥칠지 모르는
수많은 고통과 시련 속에서도

묵묵히
변함없는 도전
참고 견뎌 내는 눈물겨운 투지여

하나 같은 하나

모양은 하나이면서
갈기갈기 찢기어 뿔뿔이 흩어져 있는

지구도 우주도 하나이지만
조각조각 토막 나고 쪼개져 상처투성이

좀 더 많이
챙기고 차지하겠다고
남보다 먼저 발을 디디겠다고
땅을 빼앗고 깃발을 꽂으며 다투고 있다

시뻘건 눈으로
이글거리는 욕망으로
무지막지하게 죽이고 때려 부순다
탱크로 짓밟고 로켓을 쏘며 발광을 한다

저 슬픈 통곡 소리
처절히 울부짖고 몸부림치는
하루 빨리 하나 같은 하나 되기를 갈망하는,

온 누리에 가득 찬
통절한 아우성과 함성들

자유와 평화를 염원하는 눈물겨운 기도와 절규

하늘의 섭리

알 길도
알 수도 없는
깊고 너른 신비로운 섭리

해내야만
한다는 의지
굽힘 없는 열정과 도전이
하늘에 닿기만을 기도할 뿐

어디까지가
한계요 능력인지
오로지 최선을 다한다는
무한도전을 향한 투지 하나,

그 길을
가다가 하다가
못 이룬다 해도 어쩔 수 없는

아, 차마
눈물겹고 처절한,
묵묵히 꿋꿋이 가고 할 뿐이다

하루

하루의 시간과 공간은
날마다 똑같이 흐르지만
질과 내용은 매일매일 다르다

그냥 어영부영 보내도
숨 막히도록 바삐 뛰어도
흐르고 흘러가는 것 같지만
아니다 그 실상은 그렇지 않다

하루의 물줄기마다
새로운 삶이 펼쳐지고
내일을 향한 체취가 남으며
조금씩 켜켜 쌓여 가는 게다

다신 돌아오지 않는
되돌릴 길 없는
그 귀하고 소중한 하루하루
처절하게 울부짖고 몸부림친다

어찌 살아야
멋지고 행복할까

함께 걷는 길

거리에는
수많은 길이 있고
함께 걷는 길이 가장 아름답다

손을 잡고
같이 가자 하면서도
가다 보면 따로 따로 걷고 있다

언제나
함께 가자 하면서도
모르는 척 따로따로 걷고 있다

한 쌍의
다정스런 원앙처럼

한결같이
사랑하는 백조같이

변함없기를 약속하면서도

어느샌가
따로따로

멀고 험한 길 혼자서 가고 있다

함성

봄날
들녘에는
희망의 노래 가득하고

여름날
들녘에는
사랑의 노래 가득하며

가을날
들녘에는
결실의 노래 가득 차고

겨울날
들녘에는
위로와 격려의 물결 넘친다

봄, 여름, 가을, 겨울
철마다 넘실대는 춤과 노래
온 누리를 가꾸고 일구는 함성

강물처럼 흘러 흘러
자유와 평화를 만끽하는 생명들

해 질 녘

이른
아침부터
쉴 새 없이 달렸으니
오죽이나 고단하고 나른하랴

노을빛
아름다운
서리서리 엉킨
서산마루 곱게 물들인 낙조여

아쉬운
작별 인사
못내 안타까움이려나
잊지 못할 그리움의 미소인가

타는 듯
아름답게
피어오르는
스스로 어르고 달래는 향연일까

행복은 항상 그대 곁에

마음이
기쁘고 즐거우면
행복은 항상 그대 곁에 있다

마음이
슬프고 괴로우면
불행이 항상 그대 곁에 있다

기쁨과 즐거움,
슬픔과 괴로움은
항상 마음먹기에 달린 것이다

슬프고
괴로울지라도
마음은 기뻐하고 즐거워하라

행복은 언제나 그대 곁에 있다

행복의 지름길

기뻐하고 즐거워하라
마음과 생각이 기쁘고 즐거우면
그것이 곧 행복을 향유하는 길이다

행복은 머무는 게 아니요
바람처럼 한순간 스쳐 지나가며
아침 이슬처럼 잠시 스러지는 것이다

먼저 마음을 비워야 한다
몸소 기쁨과 즐거움을 만들라
설레며 차오르는 희망을 노래하라
둥실둥실 두둥실 흥겹게 춤을 추어라

너무 많은 것을 바라지 말며
아파도 슬퍼도 기뻐하며 즐거워하라

살아 있는 것만으로도 행복하다
참혹한 전쟁과 숱한 죽음 속에서도
지금 숨 쉬는 것만으로도 기쁘고 즐겁다

기쁨과 즐거움 속에서는
아름답고 감미로운 행복이 절로 피어난다

허물

높은 산일수록
그 골짜기 또한 깊듯
거목일수록 그림자도 큰 것처럼
크고 많은 일을 할수록
잘못과 실수도 잦을 수밖에 없다

저 험한 산야
거친 풍랑 헤쳐 내는데
어찌 더러운 티끌이 묻지 않으랴

온전한 인간은 없다
허점과 모자람도 있으며
바람 든 무같이 텅 빈 곳도 있다

따지고 보면
다 거기서 거기
발가벗겨 후벼 파면 흠투성이요
구린내에 역겨운 악취까지 풍기거늘

남의 잘못을
들춰내 비방하기 앞서
나 자신부터 먼저 돌아봐야 한다

세상에 허물 없는 인간은 없기 때문이다

헤어진 사람

그대를
못 잊어 그리워함은
못내 안타까운 사무치는 이별
아직도 뜨겁게 불타기 때문이요

쓰라진
상처를 못 잊는 것은
아롱진 아픔이 서리서리 엉켜
멍든 영혼을 달래 주지 못함이라

절절히
끓어오르는 이 가슴은
죽도록 영원히 잊을 수가 없는
늘 그대와 함께하고픈 기도랍니다

현금과 어음

물론
다 그런 건 아니어도
미래 담보 가치가 떨어지는
어음보다는 현금이 안전하다

광범위한
금융 거래에서
주요한 결재수단 어음이지만
부도라는 악재가 도사리고 있는

신용사회 근본이 흔들리고
엄청난 해악을 주는 부도 어음

경제 흐름을 마비시키며
회복하기 어려운 악마 같은 괴물

현금 같은 어음이 아닌
때로는 재기 불능의 피해를 주는

주고받는 소중한 신뢰가
한순간 와르르 무너지지 않기를
간절히 빌고 기도하는 길밖엔 없다

활력 넘치는 에너지

세차게
철썩 처얼썩…
절벽과 방파제를 후려치는
사납고 용맹스러운 파도처럼

주체 못할
차고 넘쳐 끓는 에너지는
시련을 이겨 내는 통쾌한 투지

산산이
부서지는 아픔도
갈기갈기 찢기는 상처도
온몸으로 감당해야만 하는 길

모질고
험한 길이 차마
몸서리치도록 처참할지라도
보란 듯 당당하게 견뎌 내고 있네

황야에 핀 한 송이 꽃

위대하고
자랑스런 그대는
아무도 돌보지 않는
저 거친 들판에 핀 한 송이 꽃

모진
눈비가 쏟아지고
모래 폭풍 덮칠지라도
참고 견뎌 내야만 하는 가혹한 길

그 여정이
심히 고되고 아파
찢기고 처참할지라도
끝끝내 보듬고 가꿔 가야만 하거늘

아,
그 누구를 원망하고 탓하리오

쓰러지면
다시 일어서고
숱한 시련과 싸우는 그 길
차마 눈물겨운 고통의 연속인 것을

흑암 속의 삶

조명도
햇빛도 안 비치는
어둡고 눅눅한 동굴 같은
캄캄한 장막 안 같은 세계는
늘 죽고 죽이는 참혹한 전쟁터

가혹하고 잔인한
이어지는 울부짖음 몸부림
죽이지 않으면 죽어야만 하는
눈물겹도록 처절한 흑암 속의 삶

언제
끝날지도 모르는
암담하고 살벌하기만 한
덧없는 웃음과 기쁨보다는
모진 슬픔, 아픔이 끊이지 않는 곳

숨 막힐 듯 꽉 찬 긴장
헤어날 길조차 없이 막혀 버린
험하고 거친 바람, 파도 속에
울고불고 들뛰는 아우성과 함성들

이쁘게 보아야 이쁘다

ⓒ 배송제, 2023

초판 1쇄 발행 2023년 2월 20일

지은이   배송제
펴낸이   이기봉
편집   좋은땅 편집팀
펴낸곳   도서출판 좋은땅
주소   서울특별시 마포구 양화로12길 26 지월드빌딩 (서교동 395-7)
전화   02)374-8616~7
팩스   02)374-8614
이메일   gworldbook@naver.com
홈페이지   www.g-world.co.kr

ISBN   979-11-388-1647-2 (03810)